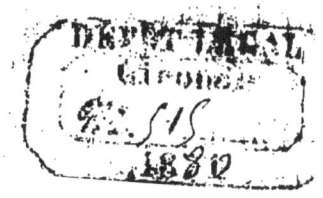

LOUIS BOUÉ

AUX FEMMES

A PROPOS DES LIVRES

DE MM. ALEXANDRE DUMAS ET ÉMILE DE GIRARDIN :

LES FEMMES QUI VOTENT

et

L'ÉGALE DE L'HOMME

BORDEAUX

AIMÉ PICOT, LIBRAIRE-ÉDITEUR

3, place de la Comédie, 3

1880

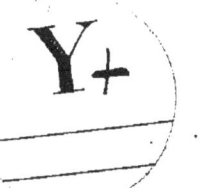

AUX FEMMES

A propos des livres
de MM. Alexandre Dumas et Émile de Girardin :

LES FEMMES QUI VOTENT

et

L'ÉGALE DE L'HOMME

LOUIS BOUÉ

AUX FEMMES

A PROPOS DES LIVRES

DE MM. ALEXANDRE DUMAS ET ÉMILE DE GIRARDIN :

LES FEMMES QUI VOTENT

et

L'ÉGALE DE L'HOMME

BORDEAUX

AIMÉ PICOT, LIBRAIRE-ÉDITEUR

3, place de la Comédie, 3

1880

..... J'ai lu, Monsieur, vos vers avec une sorte d'anxiété, comme des vers d'ami — qu'on craint de ne pas trouver aussi bons qu'on le désire. J'ai été bien vite rassuré. La pièce est excellente. Le nombre des pensées délicates est très grand. J'accepte la dédicace avec une joie orgueilleuse et, qui mieux est, sincère.....

Une bonne poignée de main de pêcheur et de jardinier.

Alphonse KARR.

Maison Close. Saint-Raphaël (Var).

AUX FEMMES

DÉDIÉ A ALPHONSE KARR

Quand tout se fait petit, femmes, vous restez grandes.

(Victor HUGO. — *Les Châtiments.*)

Au logis, sois abeille,
Au bal, sois papillon.

(Anaïs SÉGALAS. — *La Femme.*)

O femmes ! Dumas nous révèle,
Dans un séduisant plaidoyer,
Qu'il est une faveur nouvelle (1)
Que nous devons vous octroyer.

Girardin dit qu'on vous opprime,
Et veut que la société
Entre vous et l'homme supprime
Enfin toute inégalité.

_____

(1) Droit de vote et d'éligibilité.

Approuvez-vous ces tentatives ?
Aspirez-vous au triste honneur
D'exercer des prérogatives
Qui ne font pas notre bonheur ?

Dieu vous donne dans cette vie
Un rôle trop noble et trop grand,
Pour que vous nous portiez envie...
Vous n'êtes point au second rang.

Laissez-nous donc la jouissance
De nos privilèges étroits :
N'avez-vous pas plus de puissance,
Bien que vous ayez moins de droits ?

*
* *

Suivez les lois de la nature,
Puisque le Ciel en est l'auteur,
Puisque jamais la créature
N'a réformé le créateur.

Restez femmes... Les hirondelles
Dans l'azur tracent leur sillon,
Tandis qu'à leur labeur fidèles
Les bœufs saignent sous l'aiguillon.

Restez femmes... Le frêle arbuste
Livre ses parfums au printemps;
C'est le chêne large et robuste
Qui brave l'effort des autans.

Il ne faut pas qu'un sexe embrasse
La part dont l'autre est seul doté :
Nous vous abandonnons la grâce
Et les trésors de la beauté.

Renoncez aux lourds héritages
Que vous transmettraient nos pouvoirs;
Vous avez assez d'avantages,
Vous avez assez de devoirs.

*
* *

Se peut-il que l'âpre science
Ait pour vous, femmes, des attraits?
Je vous le dis en conscience,
N'en pénétrez pas les secrets.

Ses termes sont durs et je gage
Que vous ne feriez point passer
Son mâle et barbare langage
Sur vos lèvres sans les blesser.

La fleur délicate veut-elle
Que, malgré sa fragilité,
Dans sa corolle de dentelle,
Un fardeau pesant soit jeté?

Elle serait bientôt brisée...
Elle demande seulement
La gouttelette de rosée.
— Retenez cet enseignement.

N'assombrissez pas vos fronts roses,
Songez, du reste, que souvent
Vos cœurs contiennent plus de choses
Que tous les livres d'un savant !

*
* *

Êtes-vous franchement tentées
D'imiter le pompeux fracas
Des harangues mouvementées
De nos chaleureux avocats?

Gardez vos douces aptitudes
Et sachez comprendre combien,
Loin des bruyantes multitudes,
Vous plaiderez mieux pour le bien.

Faites que jamais on ne voie
Un homme hors du droit chemin.
Afin qu'il rentre dans la voie,
Vous n'avez qu'à tendre la main.

Votre regard qui nous transporte,
A vos lois nous assujettit;
Un sourire nous réconforte,
Une larme nous convertit.

A vous l'éloquence suprême!
Nul de nous ne peut l'égaler,
Car vous gagnez vos causes même
Sans avoir besoin de parler.

*
* *

Caressez-vous un autre rêve?
Ainsi que nos graves docteurs,
Voulez-vous combattre sans trêve
Tous les maux exterminateurs?

Mainte femme s'est consacrée
A l'art de rendre la santé...
Gloire à la sublime livrée
Des saintes sœurs de charité!

Mais, croyez-moi, venez en aide
A nos malades autrement :
Versez-leur surtout le remède
Contre le découragement.

Pendant qu'on ferme leur blessure,
Pendant qu'on entr'ouvre leur chair,
Dites un mot qui les rassure,
Bercez leur espoir le plus cher.

Ce n'est pas à la chirurgie
Que vous devez, vous, recourir.
N'employez que votre magie...
Femmes! consoler c'est guérir.

*
* *

Éprises de la renommée
Des héros et des conquérants,
Regrettez-vous que notre armée
N'ouvre pas devant vous ses rangs?

Le poids accablant d'une armure
Aurait, en moins d'une heure, éteint
Cet éclat de grenade mûre
Dont se colore votre teint.

Pourriez-vous dans vos doigts de fées
Retenir nos fusils trop lourds,
Et vivre d'un casque coiffées,
Vous que coiffe un nœud de velours?

Sans doute, une simple bergère
Affronta l'assaut redouté
De l'invasion étrangère,
Mais Dieu marchait à son côté.

Lorsque, comme un homme équipée,
Elle repoussait l'assaillant,
Ce Dieu soutenait son épée
Et dirigeait son bras vaillant.

*
* *

Femmes! avez-vous la folie
De vouloir aller au scrutin,
De vouloir dans l'urne remplie
Déposer votre bulletin?

Bien souvent, en cette matière,
Nous ne faisons qu'absurdité;
Laissez-nous donc la charge entière
De la responsabilité.

D'ailleurs, vous avez trop d'empire,
Vous avez toutes trop d'appas,
Pour qu'au jour du vote on s'inspire
D'un vœu que vous n'agréez pas.

Ce droit qui n'appartient qu'à l'homme,
A son insu vous l'exercez;
Les élus, c'est lui qui les nomme,
Mais c'est vous qui les choisissez.

Ici-bas de bien des alarmes
La politique est le foyer...
Sirènes! vous n'avez de charmes
Qu'en nous la faisant oublier.

*
* *

Eclipsez prismes et palettes,
Aucun salon ne vous proscrit;
Éblouissez par vos toilettes
Et captivez par votre esprit.

Plus légères que les mésanges,
Plus brillantes que les rayons,
Joignez à la beauté des anges
Tous les joyaux des papillons.

Que vos prunelles fassent naître,
Mieux que les lustres, la clarté;
Que l'on croie en vous reconnaître
Diane ou Vénus Astarté !

Des hommes soyez admirées,
Sous vos diadèmes de fleurs,
Vous dont les couronnes dorées
Sont moins pesantes que les leurs.

Au bal, transformez en relique
Tout ce qu'effleure un doigt charmant;
Le bal n'a point de loi salique
Qui vous éloigne injustement.

*
* *

Est-ce votre seul apanage ?
Montrez aussi votre raison.
Aimez, femmes, votre ménage,
Aimez, femmes, votre maison.

Trève à ces desseins, ces chimères,
Que Dieu lui-même vous défend...
Oh ! contentez-vous d'être mères
Et d'avoir pour sceptre l'enfant.

Qu'une vigilance constante
L'entoure, n'abandonnez pas
Ce petit être dès qu'il tente
Un premier mot, un premier pas.

Que toujours par votre présence
Le logis paraisse enchanté ;
Qu'à vos soins il doive l'aisance
Et la joie à votre gaîté !

C'est là surtout qu'on apprécie
Vos mérites et vos bienfaits,
Mais de votre suprématie
Plus loin s'étendent les effets.

*
* *

Votre influence salutaire,
Que sans succès on combattrait,
S'exerce partout sur la terre.
Pas un mortel ne s'y soustrait.

Même celui qui traite en maître
Une assemblée, un régiment,
Ne rougit point de se soumettre
A vos ordres très humblement.

Roseaux, vous triomphez du chêne ;
Vous êtes plus fortes que nous ;
Un fil pour Omphale est la chaîne
Qui tient Hercule à ses genoux.

Ne gardez donc plus l'espérance
D'avoir nos droits et d'augmenter
Votre douce prépondérance ;
Ils n'y pourraient rien ajouter.

O gracieuses souveraines,
Assez, assez, de vains projets...
Toutes les femmes sont des reines,
Tous les hommes sont leurs sujets !

Bordeaux. — Imprimerie d'Émile Crugy.

www.ingramcontent.com/pod-product-compliance
Lightning Source LLC
Chambersburg PA
CBHW061422170626
46811CB00005B/2080